KB190384

미리 보는
중학 국어
교과서

문법

미리 보는 **중학 국어** 교과서·문법

1판 1쇄 2013년 2월 15일
1판 2쇄 2016년 3월 30일

엮고 씀 김용환, 유혜강, 이승원, 이윤복, 임영규, 하미정
펴낸이 조영진

펴낸곳 고래가숨쉬는도서관
출판등록 제406-2012-000082호
주소 경기도 파주시 회동길 329(서패동) 2층
전화 031-955-9680   팩스 031-955-9682
홈페이지 www.goraebook.com   이메일 goraebook@naver.com

* 값은 뒤표지에 있습니다.
* 잘못 만든 책은 구입하신 서점에서 바꾸어 드립니다.

ISBN 978-89-97165-20-9 44800
ISBN 978-89-97165-13-1 44800(세트)

이 도서의 국립중앙도서관 출판시도서목록(CIP)은 e-CIP홈페이지(http://www.nl.go.kr/ecip)와
국가자료공동목록시스템(http://www.nl.go.kr/kolisnet)에서 이용하실 수 있습니다.(CIP제어번호: CIP2013000545)

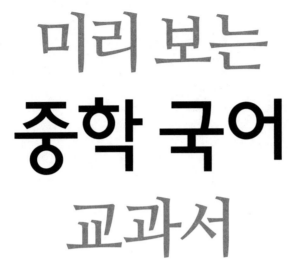

미리 보는
중학 국어
교과서

문법

엮고 씀 권윤정

차례

1. 기획 의도

국어에서 문법 영역은 초등학교에서도 배우지만, 본격적으로 배우는 것은 중학교부터입니다. 생소한 개념들이 등장하면서 많은 학생들이 문법을 어렵다고 느끼기 시작합니다. 그러다 문법 영역 때문에 국어 과목이 재미없다고 말하는 친구들도 하나둘씩 생기게 됩니다. 하지만 꾸준하게 노력한다면 다른 어떤 영역보다도 잘할 수 있는 것이 바로 문법입니다.

이 책은 바로 국어 문법 공부에 대해 어려움을 느끼는 학생들에게 좋은 안내자가 되었으면 하는 마음에서 만들어졌습니다. 막연한 두려움을 떨쳐 내고 오늘부터 한 걸음씩 다가가도록 합시다. 어느새 여러분들의 문법 실력은 쑥쑥 오르고, 더 나아가 정확하고 올바른 언어생활을 하게 될 것입니다.

2. 이 책의 구성과 특징

2013학년도부터 적용되는 2009 개정 교육과정에 따르면 중학교 국어 교과서는 모두 16종으로, 학년 구분 없이 총 6권으로 나뉩니다. 전국 중학교에 보급되는 16종 중학교 국어 교과서는 모두 96권으로, 이 책은 2009 개정 교육과정에 따라 개발된 중학교 국어의 문법 영역 내용 전반을 담고 있습니다.

먼저 중학교 국어 문법 학습에서 반드시 도달해야 할 국어과 교육과정의 문법 영역에 제시된 성취 기준은 다음의 11개입니다.

① 언어의 본질과 기능을 이해한다.

② 음운 체계를 탐구하고 그 특징을 이해한다.

③ 어문 규범의 기본 원리와 내용을 이해한다.

④ 음운 변동의 규칙성을 탐구하고 자연스러운 발음의 원리를 이해한다.

⑤ 단어의 짜임을 분석하고 새말이 만들어지는 원리를 이해한다.

⑥ 품사의 개념과 특성을 이해하고 단어를 적절하게 사용한다.

⑦ 문장의 구조를 탐구하고 자신의 생각을 다양한 구조의 문장으로 표현할 수 있다.

⑧ 어휘의 유형과 의미 관계를 이해하고 활용한다.

⑨ 문법적 기능을 담당하는 요소들의 특징을 이해하고 담화 상황에 맞게 사용할 수 있다.

⑩ 담화의 개념과 특성을 이해하고 담화 상황에 적합한 국어 생활을 한다.

⑪ 한글의 창제 원리와 가치를 이해한다.

위의 성취 기준을 분석하여 중학교 과정에서 꼭 필요한 내용을 선별하였고, 주요 핵심 내용을 항목화하여 총 11장으로 구성하였습니다. 따라서 이 책을 공부하면 각 교과서의 핵심 내용을 모두 배울 수 있습니다.

각 장의 첫 부분에는 안내 글을 달아 놓아 해당 장에서는 무엇을 배우는지, 학습 내용을 통해 어떠한 능력이 향상되는지를 제시하여, 국어 문법 학습에 두려움을 느끼는 학생들이 편안하게 접근할 수 있도록 구성하였습니다.

또한 각 장의 핵심 개념과 원리에는 용례를 적어 두었습니다. 해당 용례를 통해 실제 상황 속에서의 우리말 규칙의 원리를 스스로 발견할 수 있도록 공부한다면 문법 학습에 큰 도움을 줄 것입니다.

1장 ㅣ 언어의 본질과 기능

언어는 우리의 생각과 감정을 표현하는 가장 중요한 도구이다. 인간은 언어와 떼려야 뗄 수 없는 관계를 맺고 있다. 그런데 우리는 그 소중한 언어에 대해 얼마나 알고 있나? 이 장에서는 우리가 매일 사용하는 언어에 대해서 알아본다. 언어가 일상생활에서 어떠한 기능을 하고 있는지, 또 언어는 본질적으로 어떠한 특성을 지니고 있는지를 중심으로 살펴보도록 하자.

1. 언어의 기능

언어는 상황에 따라 다양한 목적으로 쓰이는데, 이는 언어에 여러 가지 기능이 있기 때문이다. 언어의 기능에는 지시적 기능, 정보적 기능, 친교적 기능, 정서적 기능, 명령적 기능이 있다. 원활한 의사소통을 위해서 언어의 기능을 잘 파악하고, 말하는 상황이나 의도 등을 이해하는 것이 중요하다.

• 지시적 기능

특정한 대상을 지시하는 기능. 특정 대상의 이름을 말하여 그것을 가리키는 것.

예 '사과'라고 말을 함으로써 사과를 가리킬 수 있음.

• **정보적 기능**

지식이나 정보를 전달하는 기능

예 내일은 토요일이다.

• **친교적 기능**

말하는 이와 듣는 이의 관계를 친밀하게 유지시키는 기능

예 날씨가 참 좋아요.

• **정서적 기능**

듣는 이와 상관없이 말하는 이의 생각이나 감정을 표출하는 기능

예 와 예쁘다!

• **명령적 기능**

듣는 이에게 어떤 행동을 요구하는 기능

예 창문을 열어 줘.

2. 언어의 특성

언어는 '내용'과 '형식'으로 결합되어 있다. '내용'은 전달하고자 하는 뜻을 말하고, '형식'은 그 뜻을 나타내는 소리나 문자를 말한다. 언어가 가지고 있는 내용과 형식의 관계를 중심으로 언어의 특성을 '역사성', '규칙성', '창조성', '자의성', '사회성'으로 나눌 수 있다.

• **역사성**

시간의 흐름에 따라 의미나 소리, 형태가 변함.

예 산이라는 의미를 가진 말을 예전에는 '뫼'라고 부름.

- **규칙성**

  언어에는 일정한 규칙이 있음.

  예 국어에서 서술어는 문장의 끝에 와야 하기 때문에 '간다. 나는 학교에'는 틀린 문장임.

- **창조성**

  전혀 들어본 적이 없는 새로운 말을 만들 수 있음.

  예 개미가 내 발을 밟았다.

- **자의성**

  언어의 소리와 의미의 관계는 필연적으로 결합된 것이 아니라 사회 구성원들이 임의로 정한 것임.

  예 국어에서는 사람이 사는 곳을 의미하는 말을 '집'이라고 하지만 영어에서는 'house'라고 함.

- **사회성**

  언어는 같은 언어를 사용하는 사람들 사이에서 약속이므로 개인이 함부로 바꿀 수 없음.

  예 다 자라지 않은 닭을 '병아리'라고 해야지, '강아지'라고 할 수 없음.

2장 | 음운의 체계

　　말소리는 실제로 있는 그대로의 물리적인 차원과 그 말을 쓰는 사람들이 심리적으로 인식하는 차원, 두 가지로 나눌 수 있다. 가령, [k]와 [g]는 물리적으로는 분명히 다른 소리이지만, 한국어를 모국어로 사용하는 사람들은 하나의 소리로 인식한다. 이때, 물리적인 상태의 말소리를 음성이라고 하고, 모국어 화자가 인식하고 있는 말소리를 음운이라고 한다. 즉 모국어 화자의 머릿속에는 음성이 아닌 음운의 목록이 저장되어 있다고 볼 수 있는 것이다. 그럼 이번 장에서는 음운이 무엇이고, 어떠한 체계를 가지고 있는지 살펴보도록 하자.

1. 음운의 개념과 종류

　　사람들의 머릿속에서 같은 소리로 인식하는 추상적인 소리로, 말의 뜻을 구별하여 주는 소리의 가장 작은 단위이다. 음운에는 자음과 모음, 소리의 길이가 있다.

　①　자음　'밥'과 '밤'의 뜻을 구별해 주는 'ㅂ'과 'ㅁ'을 말한다. 'ㅂ'과 'ㅁ'은 각각 음운이 된다.

　②　모음　'잠'과 '점'의 뜻을 구별해 주는 'ㅏ'와 'ㅓ'를 말한다. 'ㅏ'와 'ㅓ'는 각각 음운이 된다.

　③　소리의 길이　[말]과 [말:]은 각각 '馬'과 '言'을 의미하므로 음운의 일종

으로 볼 수 있다.

2. 음운 체계

음운들은 일정한 관계를 맺으면서 체계를 이루고 있는데, 이를 음운 체계라고 한다.

(1) 자음

소리를 낼 때 공기의 흐름이 목 안이나 입안 혀 등의 발음 기관에서 장애를 받으면서 나오는 소리이다.

① 자음의 분류 기준

장애가 일어나는 자리를 조음 위치라고 하고, 장애를 일으키는 방법을 조음 방법이라고 하는데, 자음은 조음 위치와 조음 방법에 따라 구별된다.

② 자음 체계

우리말의 자음은 조음 위치에 따라 입술소리, 잇몸소리, 센입천장소리, 여린입천장소리, 목청소리로 분류할 수 있고, 조음 방법에 따라 파열음, 마찰음, 파찰음으로 분류할 수 있다.

조음 위치 / 조음 방법		입술소리	잇몸소리	센입천장소리	여린입천장소리	목청소리
파열음	예사소리	ㅂ	ㄷ		ㄱ	
	된소리	ㅃ	ㄸ		ㄲ	
	거센소리	ㅍ	ㅌ		ㅋ	

조음 위치 조음 방법		입술소리	잇몸소리	센입천장 소리	여린입천장 소리	목청소리
마찰음	예사소리		ㅅ			ㅎ
	된소리		ㅆ			
파찰음	예사소리			ㅈ		
	된소리			ㅉ		
	거센소리			ㅊ		
콧소리		ㅁ	ㄴ		ㅇ	
흐름소리			ㄹ			

㉠ 조음 위치에 따른 분류

• 입술소리: 두 입술이 맞닿아서 나는 소리 → ㅂ, ㅃ, ㅍ / ㅁ

• 잇몸소리: 혀끝이 윗잇몸에 닿아서 나는 소리

　→ ㄷ, ㄸ, ㅌ / ㅅ, ㅆ / ㄴ / ㄹ

• 센입천장소리: 혓바닥과 센입천장 사이에서 나는 소리 → ㅈ, ㅉ, ㅊ

• 여린입천장소리: 혀 뒷부분과 여린입천장 사이에서 나는 소리

　→ ㄱ, ㄲ, ㅋ / ㅇ

• 목청소리: 목청 사이에서 나는 소리 → ㅎ

㉡ 조음 방법에 따른 분류

• 파열음: 허파에서 나오는 공기의 흐름을 막았다가 그 막은 자리를 터뜨리면서 내는 소리

　→ ㅂ, ㄷ, ㄱ / ㅃ, ㄸ, ㄲ / ㅍ, ㅌ, ㅋ

• 파찰음: 허파에서 나오는 공기를 막았다가 서서히 터뜨리며 마찰을 일으켜 내는 소리 → ㅈ, ㅉ, ㅊ

• 마찰음: 입안이나 목청 사이의 통로를 좁히고, 공기를 그 좁은 틈

사이로 내보내어 마찰을 일으키면서 내는 소리 → ㅅ, ㅆ / ㅎ

- 비음(콧소리): 입안의 통로를 막고 코로 공기를 내보내면서 내는
소리 → ㅁ, ㄴ, ㅇ
- 유음(흐름소리): 혀끝을 잇몸에 가볍게 대었다가 떼거나, 혀끝을 윗
잇몸에 댄 채 공기를 그 양 옆으로 흘려보내며 내는 소리 → ㄹ

ⓒ 소리의 세기에 따른 분류

파열음과 파찰음은 다시 그 소리의 세기에 따라 예사소리, 된소리,
거센소리로 나눌 수 있다.

- 예사소리: 보통의 상태로 자연스럽게 발음하는 소리
  → ㄱ, ㄷ, ㅂ, ㅅ, ㅈ
- 된소리: 숨은 약하게 나오지만 성대 주위의 근육을 긴장시켜 강하
고 단단한 느낌이 드는 소리 → ㄲ, ㄸ, ㅃ, ㅆ, ㅉ
- 거센소리: 숨이 입 밖으로 거세게 터져 나와 세고 거친 느낌이 드
는 소리 → ㅋ, ㅌ, ㅍ, ㅊ

ⓔ 울림의 유무에 따른 분류

- 울림소리(유성음): 입안이나 코안에서 울림이 있는 소리
  → ㄴ, ㄹ, ㅁ, ㅇ
- 안울림소리(무성음): 입안이나 코안에서 울림이 없는 소리
  → ㄱ, ㄲ, ㅋ, ㄷ, ㄸ, ㅌ, ㅂ, ㅃ, ㅍ, ㅅ, ㅆ, ㅈ, ㅉ, ㅊ, ㅎ

(2) 모음

소리를 낼 때 공기의 흐름이 발음 기관에서 장애를 받지 않고 나오는
소리이다.

① 모음의 분류 기준

모음은 혀의 높이와 혀의 앞뒤 위치, 입술의 모양에 따라 구별된다.

- 혀의 앞뒤 위치: 혀의 어느 부분이 입천장과 가장 가까운가를 기준으로 전설 모음과 후설 모음으로 구분함.
- 혀의 높이: 입이 벌어지는 정도와 혀의 높낮이에 따라 고모음, 중모음, 저모음으로 구분함.
- 입술의 모양: 발음할 때 입술의 모양에 따라 원순 모음과 평순 모음으로 구분함.

② 모음 체계

우리말의 단모음은 혀의 앞뒤 위치에 의해 전설 모음과 후설 모음으로, 혀의 높이에 의해서 고모음, 중모음, 저모음으로 입술 모양에 의해 원순 모음과 평순 모음으로 나뉜다.

혀의 전후	전설 모음		후설 모음	
입술 모양 혀의 높이	평순 모음	원순 모음	평순 모음	원순 모음
고모음	ㅣ	ㅟ	ㅡ	ㅜ
중모음	ㅔ	ㅚ	ㅓ	ㅗ
저모음	ㅐ		ㅏ	

㉠ 혀의 앞뒤 위치에 따른 분류

- 전설 모음: 혀의 가장 높은 부분이 앞쪽에 있을 때 발음되는 모음
  → ㅣ, ㅔ, ㅐ, ㅟ, ㅚ
- 후설 모음: 혀의 가장 높은 부분이 뒤쪽에 있는 모음
  → ㅡ, ㅓ, ㅏ, ㅜ, ㅗ

ⓛ 입술의 모양에 따른 분류

• 원순 모음: 입술을 둥글게 오므린 상태에서 발음하는 모음

 → ㅟ, ㅚ, ㅜ, ㅗ

• 평순 모음: 입술을 평평하게 한 상태에서 발음하는 모음

 → ㅣ, ㅔ, ㅐ, ㅡ, ㅓ, ㅏ

ⓒ 혀의 높이에 따른 분류

• 고모음: 입을 조금 열고 혀가 입천장에 가까워진 높은 상태에서 발음되는 모음 → ㅣ, ㅟ, ㅡ, ㅜ

• 중모음: 혀가 고모음과 저모음의 중간 정도 위치에서 발음되는 모음 → ㅔ, ㅚ, ㅓ, ㅗ

• 저모음: 입을 크게 벌려 혀가 입천장에서 멀어진 상태에서 발음되는 모음 → ㅐ, ㅏ

③ 단모음과 이중모음

우리말의 모음에는 단모음과 이중 모음이 있다. 단모음은 소리를 내는 동안 발음 기관의 변화가 없는 모음을 말하고, 이중 모음은 소리를 내는 도중에 입술 모양이나 혀의 위치가 달라져 발음을 시작할 때와 끝마칠 때 발음 기관의 모양이 달라지는 모음을 말한다. 우리말의 이중 모음에는 'ㅑ, ㅒ, ㅕ, ㅖ, ㅘ, ㅙ, ㅛ, ㅝ, ㅞ, ㅠ, ㅢ'가 있다. 이중 모음은 단모음이 연이어 일어나는 것이기 때문에 모음 체계는 단모음을 기준으로 설명한다.

(3) 소리의 길이

• 우리말에서는 소리의 길이가 길고 짧음에 따라 뜻이 달라진다.

• 소리의 길이가 말의 뜻을 구별해 주는 기능을 하므로, 소리의 길이

도 자음이나 모음처럼 음운이라고 할 수 있다.

• 소리의 길이에 따라 달라지는 단어
 → [눈ː]은 '雪', [눈]은 '眼' / [밤ː]은 '栗', [밤]은 [夜]

3장 | 어문 규범

언어는 시간과 공간에 따라서 다양하게 존재할 수 있다. 그렇기 때문에 한 사회 내에서는 구성원들이 동일한 언어 체계를 가져야만 의사소통이 가능해진다. 사회 구성원들이 말하고 쓸 때 지켜야 할 규칙에 대해 약속을 하고, 그것을 겉으로 표준화시켜 놓은 것이 어문 규정이다. 다른 사람과 원활한 의사소통을 하기 위해서 우리는 어문 규정에 대해 잘 알고 우리말을 바르게 사용해야 한다. 이를 위해서 이번 장에서는 어문 규정에 대해서 살펴보도록 하자.

1. 어문 규정의 개념

말하고 글을 쓸 때 지켜야 하는 규칙으로 '표준 발음법', '한글 맞춤법', '외래어 표기법', '국어 로마자 표기법'이 있다.

2. 한글 맞춤법

한글로써 우리말을 표기하는 규칙의 전반을 이르는 것이다. 현재의 맞춤법은 1933년 '한글 맞춤법 통일안'을 기본으로 하여, 1988년 1월 문교부가 확정·고시한 것으로 표의주의 원칙을 따르고 있다.

(1) 한글 맞춤법 총칙

제1항 표준어를 소리대로 적되, 어법에 맞도록 함을 원칙으로 한다.

제2항 문장의 각 단어는 띄어 씀을 원칙으로 한다.

(2) 한글 맞춤법의 원리

① 표음주의(表音主義) 소리나는 대로 적는 방법

② 표의주의(表意主義) 어법대로 원형을 밝혀 적는 방법

③ 띄어쓰기 문장의 각 단어는 띄어 쓰는 것을 원칙으로 하나, 조사는 앞말에 붙여 쓰기로 한다.

3. 표준어 규정

우리말의 표준어에 대한 규정이다. 현행 표준어 규정은 1988년 1월 문교부가 고시한 것으로, 원활한 의사소통을 위해서 법으로 정하여 놓은 언어 규범이다. 표준어 규정의 총 2부 가운데 제1부에서는 주로 표준어의 형태에 관한 내용을 다루고, 제2부에서는 표준어 발음에 관한 원칙을 다루고 있다.

(1) 표준어 규정의 주요 내용

제1부 표준어는 교양 있는 사람들이 두루 쓰는 현대 서울말로 정함을 원칙으로 한다.

제2부 표준 발음법은 표준어의 실제 발음을 따르되, 국어의 전통성과 합리성을 고려하여 정함을 원칙으로 한다.

(2) 표준어 규정의 기본 원칙의 의미

① 표준어는 지역적으로 서울말을, 계층적으로는 교양 있는 사람들이 사용하는 말을, 시대적으로는 현대 국어를, 사용 범위에서는 두루 쓰는 말을 기준으로 삼는다는 것이다.

② 표준 발음법은 표준어의 실제 발음을 따르되, 역사적인 발음법의 전통을 함께 고려하면서, 국어의 음운 규칙에 맞게 표준 발음법을 정한다는 것이다.

4. 외래어 표기법

외래어 표기법이란 외래어를 우리말로 표기하는 방식에 대한 규정으로, 외래어의 어형을 통일하기 위해 제정되었다.

(1) 외래어 표기법의 주요 내용(제2장 표기의 원칙)

제1항 외래어는 국어의 현용 24자모만으로 적는다.

제2항 외래어의 1음운은 원칙적으로 1기호로 적는다.

제3항 받침에는 'ㄱ, ㄴ, ㄹ, ㅁ, ㅂ, ㅅ, ㅇ'만을 쓴다.

제4항 파열음 표기에는 된소리를 쓰지 않는 것을 원칙으로 한다.

제5항 이미 굳어진 외래어는 관용을 존중하되, 그 범위와 용례는 따로 정한다.

(2) 외래어 표기법의 기본 원칙의 의미

① 제1항 우리말에 없는 외국어 발음을 적기 위해 별도의 문자를 만들지 않는다.

② 제2항 외국어 소리 한 가지에 대해서는 한글 표기 한 가지로 대응하

여야 한다.

③ 제3항 현대 국어의 음절 끝소리는 일곱 가지 소리만 실현되므로 일
곱 개의 홑받침만 허용하고 나머지 홑받침과 겹받침은 적지 않는다.

④ 제4항 무성 파열음 [p, t, k]는 경우에 따라 된소리로도 들리고 거센
소리로도 들리지만 거센소리로 통일하여 표기한다.

⑤ 제5항 이미 굳어져 관용적으로 쓰이는 외래어의 경우에는 관용 표
기가 규정에 어긋나더라도 관용을 존중한다는 것이다.

5. 로마자 표기법

국어의 로마자 표기법은 한국어의 인명, 지명과 같은 고유 명사를 로
마자로 통일하고자 만든 규정이다. 외국인들이 읽기에 편리하도록 국어
의 '로마자 표기법'은 표음법의 방식을 택하고 있다.

(1) 로마자 표기법의 기본 원칙(제1장 표기의 원칙)

제1항 국어의 로마자 표기는 표준 발음법에 따라 적는 것을 원칙으로
한다.

제2항 로마자 이외의 부호는 되도록 사용하지 않는다.

(2) 로마자 표기법의 표기

① 자음

파열음	ㄱ	ㄲ	ㅋ	ㄷ	ㄸ	ㅌ	ㅂ	ㅃ	ㅍ
	g, k	kk	k	d, t	tt	t	b, p	pp	p

파찰음	ㅈ	ㅉ	ㅊ
	j	jj	ch

마찰음	ㅅ	ㅆ	ㅎ
	s	ss	h

비음	ㄴ	ㅁ	ㅇ
	h	m	ng

유음	ㄹ
	r, l

② 모음

단모음	ㅏ	ㅓ	ㅗ	ㅜ	ㅡ	ㅣ	ㅐ	ㅔ	ㅚ	ㅟ
	a	eo	o	u	eu	i	ae	e	oe	wi

이중 모음	ㅑ	ㅕ	ㅛ	ㅠ	ㅒ	ㅖ	ㅘ	ㅙ	ㅝ	ㅞ	ㅢ
	ya	yeo	yo	yu	yae	ye	wa	wae	wo	we	ui

4장 | 음운의 변동

　　말소리는 일반적으로 두 가지 이유에서 변화한다. 첫째는 발음을 쉽고 빠르게 하기 위해서이다. 한 음운을 이웃 음운과 닮게 하거나, 두 소리를 한 소리로 줄이거나, 소리를 사라지게 하는 현상은 발음 노력을 줄이려는 원리가 작용한 것이다. 둘째는 뜻을 좀 더 분명하게 전달하기 위해서이다. 비슷한 음운이 이웃해 있을 때 한 소리를 더해 강화시키려는 현상은 뜻을 명료하게 나타내기 위한 원리가 작용한 것이다. 그럼 이 장에서 이러한 변화가 우리말에서 어떻게 나타나고 있는지 구체적으로 살펴보도록 하자.

1. 음운의 변동

　　어떤 형태소가 다른 형태소와 결합할 때 그 환경에 따라 음운이 변하는 것을 가리킨다. 음운의 변동은 변화의 유형에 따라 교체, 동화, 축약, 탈락, 첨가 등으로 나눌 수 있다.

- **교체**
  형태소가 결합할 때 음운이 다른 소리로 바뀌는 것
  → 음운 끝소리 규칙, 경음화 등

- **동화**

  한쪽의 음운이 다른 쪽 음운의 성질을 닮는 것

  → 자음 동화(비음화, 유음화, 구개음화), 모음 조화 등

- **축약**

  두 음운이 합쳐져 하나의 음운으로 줄어드는 현상

  → 거센소리되기, 'ㅎ' 축약 등

- **탈락**

  두 음운 중 한 음운이 없어지는 현상

  → 자음 탈락('ㄹ' 탈락), 모음 탈락('ㅏ' 탈락) 등

- **첨가**

  형태소 경계에서 두 음운이 만날 때 그 사이에 새로운 음운이 추가

  되는 현상 → 사잇소리 현상 등

2. 음운의 교체

(1) 음운 끝소리 규칙

음절의 끝소리(받침소리)가 'ㄱ, ㄴ, ㄷ, ㄹ, ㅁ, ㅂ, ㅇ'의 7개 자음으로 바뀌
는 현상이다. 음절 끝에 이들 소리 이외의 자음이 오면 일곱 자음 중 하
나로 바꾸어 발음한다. 또 음절 끝소리에는 둘 이상의 자음이 함께 발음
될 수 없다. 따라서 겹받침을 지닌 경우 둘 중의 한 자음은 탈락시키고
남은 한 자음만 발음한다.

받침 유형	받침의 대표 유형	용례
홑자음	ㄲ, ㅋ → [ㄱ]	밖[박], 부엌[부억]
	ㅅ, ㅆ, ㅈ, ㅊ, ㅌ → [ㄷ]	옷[옫], 갔대[갇따], 낮[낟], 꽃[꼳], 솥[솓]
	ㅍ → [ㅂ]	잎[입], 덮대[덥따]

받침 유형	받침의 대표 유형	용례
겹자음	ㄱㅅ → [ㄱ]	넋[넉], 넋과[넉꽈]
	ㄴㅈ → [ㄴ]	앉다[안따]
	ㄹㅂ, ㄹㅅ, ㄹㅌ → [ㄹ]	여덟[여덜], 외곬[외골], 핥다[할따]
	ㅂㅅ → [ㅂ]	값[갑], 없다[업따]
	ㄹㄱ → [ㄱ]	닭[닥], 흙과[흑꽈]
	ㄹㅁ → [ㅁ]	삶[삼], 젊다[점따]
	ㄹㅍ → [ㅂ]	읊다[읍따]

(2) 표준어 규정-표준 발음법

• 제8항   받침소리로는 'ㄱ, ㄴ, ㄷ, ㄹ, ㅁ, ㅂ, ㅇ'의 7개 자음만 발음한다.

• 제9항   받침 'ㄲ, ㅋ', 'ㅅ, ㅆ, ㅈ, ㅊ, ㅌ', 'ㅍ'은 어말 또는 자음 앞에서 각각 대표음 [ㄱ, ㄷ, ㅂ]으로 발음한다.

• 제10항   겹받침 'ㄳ', 'ㄵ', 'ㄼ, ㄽ, ㄾ', 'ㅄ'은 어말 또는 자음 앞에서 각각 [ㄱ, ㄴ, ㄹ, ㅂ]으로 발음한다. 다만, '밟-'은 자음 앞에서 [밥]으로 발음한다.

• 제11항   겹받침 'ㄺ, ㄻ, ㄿ'은 어말 또는 자음 앞에서 각각 [ㄱ, ㅁ, ㅂ]으로 발음한다. 다만, 용언의 어간 말음 'ㄺ'은 'ㄱ' 앞에서 [ㄹ]로 발음한다.

3. 음운의 동화

두 음운이 만나서 한 음운이 다른 음운과 같거나 비슷한 성질을 지닌 음으로 바뀌는 현상이다. 대표적인 현상으로 비음화, 유음화, 구개음화가 있다.

(1) 자음 동화

음절의 끝 자음이 그 뒤에 오는 자음과 만날 때, 어느 한 쪽이 다른 쪽 자음을 닮아서 그와 비슷한 성질을 가진 자음이나 같은 소리로 바뀌거 나, 양쪽이 서로 닮아서 두 소리가 바뀌는 현상

① 비음화(콧소리되기)
  -'ㅂ, ㄷ, ㄱ'이 비음 앞에서 같은 비음인 'ㅁ, ㄴ, ㅇ'으로 동화되는 현상
  -비음 'ㅂ, ㄷ, ㄱ'이 'ㅁ, ㄴ' 앞에서 'ㅁ, ㄴ, ㅇ'으로 소리 남.
    예 밥물 → [밤물], 국민 → [궁민]
  -비음 'ㅁ, ㅇ' 뒤에서 'ㄹ'이 'ㄴ'으로 소리 남.
    예 종로 → [종노], 금리 → [금니]
  -비음 'ㅂ, ㄷ, ㄱ'이 'ㄹ'을 만나면 먼저 'ㄹ'이 'ㄴ'이 되고, 다시 'ㅂ, ㄷ, ㄱ'이 'ㄴ'을 닮아서 'ㅁ, ㄴ, ㅇ'으로 소리 남.
    예 백로 → [백노] → [뱅노], 협력 → [협녁] → [혐녁]

② 유음화
  -유음 'ㄹ'의 영향으로 'ㄴ'이 유음으로 동화되는 현상
  -'ㄴ'이 유음 'ㄹ' 앞이나 뒤에서 같은 'ㄹ'로 소리 남.
    예 신라 → [실라], 난로 → [날로], 칼날 → [칼랄]

③ 구개음화
끝소리 'ㄷ, ㅌ'이 모음 'ㅣ'나 반모음 'ㅣ'로 시작하는 형식 형태소와

만나 'ㅈ, ㅊ'으로 소리 나는 현상. 자음이 모음의 성질을 닮아 변동
하는 것이므로 동화 현상에 속한다.

　　예 굳- + -이 → [구지], 해돋- + -이 → [해도지]

(2) 표준어 규정-표준 발음법

- 제18항　받침 'ㄱ(ㄲ, ㅋ, ㄳ, ㄺ), ㄷ(ㅅ, ㅆ, ㅈ, ㅊ, ㅌ, ㅎ), ㅂ(ㅍ, ㄼ, ㄿ, ㅄ)'은
　'ㄴ, ㅁ' 앞에서 [ㅇ, ㄴ, ㅁ]으로 발음한다.
- 제19항　받침 'ㅁ, ㅇ' 뒤에 연결되는 'ㄹ'은 [ㄴ]으로 발음한다.
　[붙임] 받침 'ㄱ, ㅂ' 뒤에 연결되는 'ㄹ'도 [ㄴ]으로 발음한다.
- 제20항　'ㄴ'은 'ㄹ'의 앞이나 뒤에서 [ㄹ]로 발음한다.
　[붙임] 첫소리 'ㄴ'이 'ㄶ', 'ㄾ' 뒤에 연결되는 경우에도 이에 준한다.
- 제17항　받침 'ㄷ, ㅌ(ㄾ)'이 조사나 접미사의 모음 'ㅣ'와 결합되는 경
　우에는, [ㅈ, ㅊ]으로 바꾸어서 뒤 음절 첫소리로 옮겨 발음한다.

4. 음운의 축약

　두 음운이 합쳐져서 하나의 음운이 되는 현상으로 자음의 축약과 모음
의 축약이 있다.

(1) 축약

① 자음 축약

　'ㅂ, ㄷ, ㅈ, ㄱ'이 'ㅎ'과 결합하여 'ㅍ, ㅌ, ㅊ, ㅋ'으로 소리 나는 현상
　　예 좋고 → [조코], 잡히다 → [자피다], 집합 → [지팝], 많더라 → [만
　　터라]

② 모음 축약

두 형태소가 서로 만날 때에 앞뒤 형태소의 두 음절이 한 음절로 줄
어드는 경우

예 되- + -어 ➝ 돼, 가지- + -어 ➝ 가져

③ 어간 끝 모음

'ㅏ, ㅗ, ㅜ, ㅡ' 뒤에 '-이어'가 결합하여 줄어질 때에는 '-이'가 앞
음절에 붙어서 줄기도 하고, 뒤의 음절에 이어지면서 줄기도 함.

예 보- + -이어 ➝ 뵈어/보여, 쏘- + -이어 ➝ 쐬어/쏘여

(2) 표준어 규정-표준 발음법

• 제12항 1. 'ㅎ(ㄶ, ㅀ)' 뒤에 'ㄱ, ㄷ, ㅈ'이 결합되는 경우에는, 뒤 음절
첫소리와 합쳐서 [ㅋ, ㅌ, ㅊ]으로 발음한다.

[붙임 1] 받침 'ㄱ(ㄺ), ㄷ, ㅂ(ㄼ), ㅈ(ㄵ)'이 뒤 음절 첫소리 'ㅎ'과 결합
되는 경우에도, 역시 두 음을 합쳐서 [ㅋ, ㅌ, ㅍ, ㅊ]으로 발음한다.

한글 맞춤법

• 제38항 모음 'ㅏ, ㅓ'로 끝난 어간에 '- 아 / - 어, - 았 - / - 었 -'이
어울릴 적에는 준 대로 적는다.

5. 음운의 탈락

두 음운이 만날 때 그중 한 음운이 없어지는 현상으로, 자음의 탈락과
모음의 탈락이 있다.

① 자음 탈락

 - 합성과 파생 과정에서의 'ㄹ' 탈락

예 딸 + 님 → 따님, 달 + 달 + 이 → 다달이, 활 + 살 → 화살, 바늘
+ 질 → 바느질

－활용 과정에서 'ㄹ' 탈락

예 울다 → 우니 / 우는

－'ㅎ'을 끝소리로 가지는 어간은 모음으로 시작하는 어미나 접미사
앞에서 'ㅎ'이 탈락하고 소리 남.

예 좋은 → [조은], 넣어 → [너어]

② 모음 탈락

－동음 탈락 : 연접된 동음 중 뒤의 모음이 탈락

예 가- + -아 → 가

－'ㅓ' 탈락 : 어간 'ㅔ, ㅐ' 아래서 탈락

예 깨- + -어 → 깨

－'ㅜ' 탈락 : 어미 '-어' 앞에서 탈락함.

예 푸- + -어 → 퍼

－'ㅡ' 탈락 : 어미 '-아/-어' 앞에서 탈락함.

예 쓰- + -어 → 써, 담그- + -아 → 담가

6. 음운의 첨가

(1) 첨가

원래 없던 말소리가 생기는 현상을 말한다.

－합성어나 파생어라는 특수한 조건에서 자음과 특정 모음들 사이에
'ㄴ'이 덧생기는 현상

예 두통 + 약 → [두통냑], 한- + 여름 → [한녀름]

(2) 표준어 규정–표준 발음법

• 제29항 합성어 및 파생어에서, 앞 단어나 접두사의 끝이 자음이고 뒤
단어나 접미사의 첫음절이 '이, 야, 여, 요, 유'인 경우에는, 'ㄴ' 음을
첨가하여 [니, 냐, 녀, 뇨, 뉴]로 발음한다.

5장 | 단어 형성법

우리가 사용하는 말은 수많은 요소들로 구성된다. 그 요소 중의 하나가 바로 단어이다. 이번 장에서는 단어에 대해 알아보자. 단어를 이루고 있는 요소인 형태소에 대해 살펴보고, 이러한 형태소들이 모여 만들어지는 단어의 종류에 대해서 살펴보자. 단어가 어떤 방식으로 형성되는지에 대해 알면 우리말을 깊이 있게 이해할 수 있고, 이해를 바탕으로 새말이 만들어지는 원리도 알 수 있게 되어, 올바른 언어생활을 하는 데 도움이 된다.

1. 형태소와 단어

(1) 형태소의 개념
의미를 가진 가장 작은 말의 단위이다. 따라서 더 이상 말을 나누면 의미가 사라지게 된다.

(2) 형태소의 종류
형태소는 자립성의 유무에 따라 자립 형태소와 의존 형태소로 나뉘고, 실질적 의미의 유무에 따라 실질 형태소와 형식 형태소로 나뉜다.

① 자립성의 유무에 따라

- **자립 형태소** 다른 형태소의 도움 없이 홀로 쓰일 수 있는 형태소(체언, 관형사, 부사, 감탄사)
- **의존 형태소** 홀로 쓰일 수 없어 항상 다른 형태소와 함께 쓰이는 형태소(용언의 어간, 어미, 조사, 접사)

② 실질적 의미의 유무에 따라

- **실질 형태소** 실질적 의미를 가지는 형태소(체언, 용언의 어간, 관형사, 부사, 감탄사)
- **형식 형태소** 실질적 의미를 가지지 못하고 문법적인 기능을 나타내는 형태소(조사, 어미, 접사)

(3) 단어의 개념

단어는 홀로 쓰일 수 있는, 가장 작은 말의 단위이다. 다만 조사는 홀로 쓰일 수 없지만, 홀로 쓰일 수 있는 말에 붙어서 문법적인 뜻을 나타내며 쉽게 분리될 수 있으므로 단어로 인정한다.

2. 단일어의 형성

(1) 어근과 접사

단어를 형성할 때, 실질적인 의미를 나타내는 중심 부분을 어근(語根)이라고 하고, 어근에 붙어 그 뜻을 제한하는 주변 부분을 접사(接辭)라고 한다.

예 풋사과 → 풋(접사) + 사과(어근), 지우개 → 지우(어근) + 개(접사)

(2) 단어의 형성 방법에 따른 단어의 분류

단어를 이루는 형태소의 수에 따라 단어는 단일어와 복합어로 분류할 수 있다. 하나의 어근으로 이루어진 단어를 '단일어'라고 하고, 둘 이상의 어근 또는 어근과 접사가 결합하여 이루어진 단어를 '복합어'라고 한다. 복합어는 형태소의 결합 방식에 따라 다시 두 종류로 나뉜다. 둘 이상의 어근이 결합하여 이루어진 단어를 합성어라고 하며, 하나의 어근에 접사가 결합하여 이루어진 단어를 파생어라고 한다.

- 단일어

  하나의 어근으로 이루어진 단어 **예** 하늘, 바람, 맑다

- 복합어

  - 합성어 둘 이상의 어근이 결합하여 이루어진 단어 **예** 집안, 밤낮
  - 파생어 어근과 접사가 결합하여 이루어진 단어 **예** 풋사과, 낚시질

(3) 합성어

파생 접사 없이 어근과 어근이 직접 합쳐져서 만들어진 단어이다. 합성어는 어근과 어근이 결합하는 과정에서 의미나 형태가 달라지기도 한다.

① 합성어의 의미 변화
- 앞 또는 뒤, 앞뒤 모두 단어의 의미가 달라진 경우

  예 피+땀 → 노력, 빈+말 → 헛소리, 몸+살 → 몸이 피로하여 일어나는 병
- 새로운 의미로 변화한 경우

  예 밤+낮 → 늘, 큰+그릇 → 큰 인물

② 합성어의 형태 변화

- '人'이 첨가되는 경우

    예 초+불 → 촛불

- 'ㄹ' 탈락하는 경우

    예 말+소 → 마소, 솔+나무 → 소나무

(4) 파생어

어근에 접사가 붙어서 만들어진 단어이다. 접사는 어근의 앞에 붙기도 하고, 어근의 뒤에 붙기도 한다. 어근의 앞에 붙는 접사를 접두사(接頭辭)라 하고, 어근에 뒤에 붙는 접사를 접미사(接尾辭)라 한다.

① 접두사에 의한 파생

접두사는 어근의 앞에 붙는 파생 접사로, 어근의 품사를 바꿀 수 없다. 특정한 뜻을 더하거나 강조하면서 새로운 말을 만들어 낸다.

예 헛- : 헛고생, 헛걸음 / 군- : 군말, 군소리

② 접미사에 의한 파생

접미사는 어근의 뒤에 붙는 파생 접사로, 어근의 품사를 바꾸기도 한다.

예 -이 : 길-+-이 → 길이(형용사 → 명사) / 많- + -이 → 많이(형용사 → 부사)

3. 새말의 형성

(1) 새말의 개념

새말은 이미 있었거나, 새로 생겨난 개념이나 사물을 표현하기 위해

지어 낸 말이다.

(2) 새말의 형성 방법

새말을 만들 때에는 기존에 없던 말을 새롭게 만들기도 하지만, 대부분은 기존 단어를 바탕으로 '합성'과 '파생'의 방법을 사용하여 만든다. 이때 고유어, 한자어, 외래어 등은 각각 어근이나 접사가 되어 새말을 만드는 데 사용된다. 이 밖에도 원래 있던 말을 줄이는 방법, 단어의 특정 부분끼리 결합하는 방법 등으로 새말을 만들기도 한다.

- 합성법 노래방(노래+방), 불닭(불+닭)
- 파생법 누리꾼(누리+-꾼), 올빼미족(올빼미+-족)
- 단어의 일부를 떼어 내는 방법 강추(강력+추천), 셀카(셀프+카메라)

6장 | 품사

    우리말의 단어는 일정한 기준에 따라 여러 갈래로 나눌 수 있다. 이렇게 나눈 단어의 갈래를 '품사'라고 한다. 이번 장에서는 품사의 개념과 분류 기준, 품사의 특성들을 살펴보자. 단어들을 일정한 기준에 따라 여러 갈래로 분류하는 활동을 통해 문장 속에 쓰인 단어의 역할을 올바르게 이해하고 적절하게 사용할 수 있다.

1. 품사의 개념과 분류의 필요성

• **개념**

단어를 공통된 문법적 성질에 따라 나누어 놓은 갈래

• **분류의 필요성**

  −우리말을 이해하는 기초가 됨.

  −단어들의 공통점과 차이점을 알고, 각 단어의 고유한 특성을 이해

    할 수 있음.

  −대상을 분석하는 힘을 기를 수 있음.

2. 품사의 분류 기준

단어는 형태가 변하느냐, 문장에서 어떤 기능을 하느냐, 어떤 의미적 특성이 있느냐에 따라 나눌 수 있다. 이렇게 일정한 기준에 따라 나누어 놓은 단어의 갈래를 품사라고 한다. 국어의 품사에는 명사, 대명사, 수사, 동사, 형용사, 관형사, 부사, 조사, 감탄사의 아홉 가지가 있다.

① 형태에 따른 분류 낱말이 문장에서 사용될 때 형태가 변하는가?
② 기능에 따른 분류 낱말이 문장에서 어떠한 기능을 하는가?
③ 의미에 따른 분류 낱말이 문장에서 나타내는 의미가 무엇인가?

(1) 형태 변화 여부에 따른 분류

① 불변어 문장에서 쓰일 때 형태가 변하지 않는 단어
② 가변어 문장에서 쓰일 때 형태가 변하는 단어

(2) 기능에 따른 분류

① 체언

- 문장에서 주로 주어, 목적어로 쓰임.
- 형태가 변하지 않음.

② 수식언

- 문장에서 다른 단어를 꾸며 줌.
- 형태가 변하지 않음.

③ 독립언

- 문장에서 문장의 기본 의미에 영향을 주지 않고 독립적으로 쓰임.
- 형태가 변하지 않음.

④ 관계언

- 문장에서 홀로 쓰이지 못하고 다른 낱말에 붙어서 쓰임.
- 형태가 변하지 않음.(단, 서술격 조사 '이다'는 형태가 변함.)

⑤ 용언

- 문장에서 주로 서술어로 쓰임.
- 형태가 변하면서 활용됨.

(3) 의미에 따른 분류

- 명사 구체적인 대상의 이름이나 추상적인 대상의 이름
- 대명사 사람이나 사물, 장소의 이름을 대신하여 가리키는 단어
- 수사 수량이나 순서를 가리키는 단어
- 관형사 문장에서 체언을 꾸며 주는 단어
- 부사 문장에서 용언, 다른 부사, 관형사, 문장 전체를 꾸며 주는 단어
- 감탄사 말하는 이의 놀람, 느낌, 부름, 대답 등을 나타내는 단어
- 조사 체언 뒤에 붙어서 다른 말과의 문법적 관계를 나타내 주거나

특별한 뜻을 더해 주는 단어

• 동사 사람이나 사물의 움직임을 나타내는 단어

• 형용사 사람이나 사물의 상태나 성질을 나타내는 단어

3. 품사의 종류와 특징

(1) 체언

문장에서 주체적인 역할을 하는 단어를 '체언'이라고 한다. 체언에는 명사, 대명사, 수사가 있다.

① 명사

사람이나 사물의 이름을 나타내는 단어

㉠ 명사의 종류

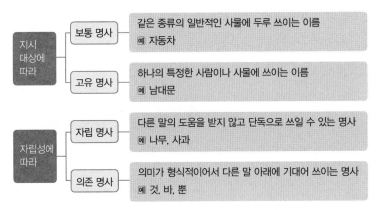

㉡ 명사의 특징

• 관형사와 형용사의 꾸밈을 받을 수 있음. 예 새 책상

• '들'을 붙여 복수형을 만들 수 있음. 예 학생들

② 대명사

사람이나 사물의 이름을 대신하여 가리키는 단어

⊙ 대명사의 종류

• 인칭 대명사

1인칭 대명사	말하는 사람이 자기 또는 자기가 속한 무리를 이르는 말
2인칭 대명사	말하는 사람이 듣는 사람을 이르는 말
3인칭 대명사	말하는 이와 듣는 이 이외의 사람을 가리키는 말
미지칭 대명사	모르는 사물이나 사람을 가리키는 말
부정칭 대명사	정해지지 않은 사람, 물건, 방향, 장소 따위를 가리키는 말

• 지시 대명사

	사물 지시	장소 지시
말하는 이에게 가까운 것	이	이곳, 여기
듣는 이에게 가까운 것	그	그곳, 거기
말하는 이와 듣는 이에게 모두 먼 것	저	저곳, 저기

ⓛ 대명사의 특징

• 관형사의 꾸밈은 받을 수 없고, 형용사의 꾸밈은 받을 수 있음.
예 새 그것이 좋다. (×)
• '들'을 붙여 복수형을 만들 수 있음. 예 그것들

③ 수사

사물의 수량이나 순서를 나타내는 단어

⊙ 수사의 종류

• 서수사: 순서를 나타내는 수사 예 첫째, 둘째, 제일, 제이

• 양수사: 수량을 셀 때 쓰는 수사 **예** 하나, 둘, 일, 이

ⓒ 수사의 특징
• 관형사와 형용사의 꾸밈을 받을 수 없음.
  예 헌 하나를 가져오다. (×)
• 복수형을 만들 수 없음. **예** 하나들 (×)

(2) 수식언

다른 말을 수식하는 기능을 가진 말을 수식언이라고 한다. 수식언에는
체언을 수식하는 기능을 하는 관형사와 용언을 수식하는 부사가 있다.

① 관형사
명사, 대명사, 수사를 꾸며 주는 단어

㉠ 관형사의 특징
• 조사가 붙을 수 없음. **예** 어제 <u>새</u>가 신발을 샀다. (×)
• 항상 꾸밈을 받는 말 앞에 옴. **예** 신발은 <u>이</u> 크다. (×)

ⓒ 관형사의 종류
• 성상 관형사: 사람이나 사물의 모양, 상태, 성질을 나타내는 관형사
  예 <u>새</u> 책
• 지시 관형사: 특정한 대상을 지시하여 가리키는 관형사
  예 <u>저</u> 사람
• 수 관형사: 사물의 수나 양을 나타내는 관형사
  예 <u>두</u> 사람

② 부사

용언 또는 다른 말 앞에 놓여 그 뜻을 분명하게 해 주는 단어

㉠ 부사의 특징

• 보조사가 붙을 수 있음. 예 빨리도 간다.
• 다른 부사를 꾸미거나 문장 전체를 꾸밈.
  예 공을 매우 멀리 던졌다.(다른 부사 수식)
• 문장에서 위치가 비교적 자유로움. 예 그가 갑자기 일어났다.

㉡ 부사의 종류

• 성분 부사: 문장의 한 성분을 꾸미는 부사

성상 부사	사람이나 사물의 모양, 상태, 성질을 한정하여 꾸미는 부사 예 그는 노래를 잘 부른다.
지시 부사	처소나 시간을 가리켜 한정하거나 앞의 이야기에 나온 사실을 가리키는 부사 예 이리 오너라.
부정 부사	용언의 앞에 놓여 그 내용을 부정하는 부사 예 아니 땐 굴뚝에 연기 나랴.

• 문장 부사: 문장 전체를 꾸미는 부사

양태 부사	말하는 이의 태도를 나타내는 부사 예 과연 이 일은 어떻게 될까?
접속 부사	체언과 체언, 문장과 문장을 이어 주는 부사 예 봄이 왔다. 그러나 아직도 춥다.

(3) 독립언 : 감탄사

놀람, 부름, 느낌, 대답 등을 나타내는 말로, 다른 성분에 얽매이지 않는 독립성이 있는 말들을 독립언이라고 한다. 독립언에는 감탄사가 있다.

① 감탄사의 특징

- 조사가 붙을 수 없음.
- 문장 내에서 위치가 비교적 자유로움.

② 감탄사의 종류

- **감정** 아, 아차, 아하, 아이쿠, 어머 등
- **의지** 자, 그렇지, 아서라, 글쎄 등
- **호응** 여보, 여보세요, 그래, 예, 오냐 등
- **습관** 아, 뭐, 그, 저, 응 등

(4) 관계언 : 조사

체언이나 부사, 어미 등에 붙어서 문법적 관계를 나타내거나 의미를 추가하는 말을 조사라고 한다.

① 조사의 특징

- 홀로 쓰일 수 없으나 단어로 인정함.
- 서술격 조사 '이다'는 형태가 변함.

② 조사의 종류

- **격조사** 체언이나 체언 구실을 하는 말 뒤에 붙어 앞 말이 다른 말에 대하여 갖는 일정한 자격을 나타내는 조사
  예 이, 가 / 을, 를 / 의 / 에서 / 아, 야
- **접속 조사** 두 단어를 같은 자격으로 이어 주는 구실을 하는 조사
  예 와, 하고
- **보조사** 체언, 부사, 활용 어미 등에 붙어서 어떤 특별한 의미를 더 해 주는 조사

예 은, 는 / 도 / 만 / 까지, 마저, 조차 / 부터 등

(5) 용언
문장의 주어를 서술하는 기능을 가진 단어들을 용언이라고 한다.

① 동사
　사람이나 사물의 움직임을 나타내는 단어
　• 자동사　목적어를 필요로 하지 않는 동사 예 선생님께서 오셨다.
　• 타동사　목적어를 필요로 하는 동사 예 나는 책을 읽었다.

② 형용사
　사람이나 사물의 성질이나 상태를 나타내는 단어
　• 성상 형용사　성질이나 상태를 나타내는 형용사 예 덥다, 예쁘다
　• 지시 형용사　지시성을 지닌 형용사
　　예 이러하다 / 그러하다 / 저러하다

③ 동사와 형용사의 특징
　• 형태가 변함
　• 부사의 꾸밈을 받을 수 있으나, 관형사의 꾸밈을 받을 수 없음.

④ 용언의 활용
　용언은 문장 속에서 그 쓰임에 따라 다양하게 형태가 변화하는데 이
　를 활용(活用)이라고 한다. 용언의 어간에 다양한 어미가 결합하여
　형태가 변화한다.
　• 어간(語幹)　용언이 활용할 때 형태가 변하지 않으면서 그 단어의 뜻
　　을 가지고 있는 부분

• 어미(語尾) 여러 형태로 바뀌면서 문법적인 뜻을 나타내는 부분

예 '가다'가 '가고', '가면', '가니' 등으로 활용할 때, 어간은 '가-'이고, 어미는 '-고, -면, -니'이다.

⑤ 동사와 형용사의 구별

• 동사는 주어의 동작이나 작용을, 형용사는 성질이나 상태를 나타낸다.

예 나는 학교에 간다.(동작) / 강아지가 귀엽다.(상태)

• 동사는 현재 진행되는 상황을 나타내는 '-는/ㄴ'을 붙여 쓸 수 있지만, 형용사는 그럴 수 없다.

예 사과를 먹는다.(ㅇ) / 꽃이 아름답는다.(×)

• 동사로는 명령하거나 청유할 수 있지만, 형용사로는 명령하거나 청유하는 표현을 할 수 없다.

예 아침 일찍 일어나라.(ㅇ) / 이제부터 착해라.(×)

7장 | 문장의 구조

　내 친구를 다른 친구들에게 소개할 때, 친구의 얼굴만으로 그 사람이 누구인지 나타내기 어려울 것이다. 그럼 '창현', '야구', '모범생'이라는 단어로 표현해 보자. 대략적인 특성만 알 수 있을 뿐 이 친구가 어떤 사람인지 나타내기에는 부족하다. 우리의 생각이나 감정을 완전하게 전달하기 위해서는 문장을 사용해야 한다. 즉 우리의 생각이나 감정을 완전하게 전달하기 위한 다양한 방법들 중에서 가장 완전하게 표현할 수 있는 것은 문장이라는 것이다. 이 장에서는 우리의 생각이나 감정을 완결된 내용으로 표현하는 언어 형식인 문장에 대해 공부해 보자. 어떤 요소로 이루어져 있고, 어떤 특징을 지니고 있는지 하나하나 살펴보자.

1. 문장과 문법 단위

(1) 문장의 개념
생각이나 감정을 완결된 내용으로 표현하는 최소의 언어 형식

(2) 문법 단위
문장을 구성하는 문법 단위로는 어절, 구, 절이 있다.
- 어절
  - 문장을 구성하는 기본적인 문법 단위로, 띄어쓰기 단위와 일치함.
  - 조사와 어미와 같은 문법적 기능을 하는 요소들은 앞의 말에 붙어

서 한 어절을 이룸.

- 구

두 개 이상의 어절이 모여서 하나의 문장 성분을 이루면서 주어와
서술어를 가지지 못하는 문법 단위

- 절

　-두 개 이상의 어절이 모여서 하나의 의미 단위를 이루는 문법 단위

　-주어와 서술어를 갖고 있기는 하지만, 문장의 일부분으로만 쓰임.

2. 문장 성분의 종류

문장은 문장 안에서 일정한 문법적 기능을 하는 부분들로 이루어지는
데, 이러한 각 부분들을 문장 성분이라고 한다. 문장 성분에는 문장을 이
루는 데 골격이 되는 주성분, 주로 주성분의 내용을 수식하는 부속 성분,
다른 문장 성분과는 직접적인 관련이 없는 독립 성분이 있다.

- 주성분　주어, 서술어, 목적어, 보어

- 부속 성분　관형어, 부사어

- 독립 성분　독립어

(1) 주성분

① 서술어

주어의 동작이나 성질, 상태 따위를 풀이하는 기능을 하는 문장 성
분으로, 동사, 형용사, 체언 + 서술격 조사의 형태로 이루어진다.

　📷 나는 학교에 <u>간다</u>.(동사) / 하늘이 <u>푸르다</u>.(형용사) / 민수는 <u>중학생</u>
<u>이다</u>.(체언+서술격 조사)

② 주어

문장에서 동작 또는 상태나 성질의 주체가 되는 문장 성분이다. 대체로 체언이나, 체언 구실을 하는 구 또는 절에 주격 조사 '이/가', '께서', '에서'가 붙어서 나타난다. 때때로 주격 조사가 생략될 수 있고, 주격 조사가 생략되고 보조사만 붙기도 하며, 주격 조사에 보조사가 함께 붙기도 한다.

예 민수가 밥을 먹는다. / 너 학교 가니? / 아라는 춤을 잘 춘다. / 어머니께서도 그것을 재밌어 하셨다.

③ 목적어

문장에서 서술어의 동작 대상이 되는 문장 성분으로, 체언에 목적격 조사 '을/를'이 붙어서 만들어진다. 때때로 목적격 조사가 생략되기도 하고, 목적격 조사가 생략되고 보조사만 붙기도 하며, 목적격 조사에 보조사가 함께 붙기도 한다.

예 경은이는 바다를 좋아한다. / 승주야 밥 먹어. / 나는 사과도 좋아한다. / 그는 너만을 사랑해.

④ 보어

주어와 목적어 외에 서술어가 요구하는 필수적인 문장 성분으로 서술어 '되다', '아니다' 앞에 오는 '체언+보격 조사(이/가)'의 형태의 문장 성분을 말한다.

예 태희는 학생이 아니다. / 창현이는 교사가 되었다.

(2) 부속 성분

① 관형어

체언을 수식하는 문장 성분으로, 관형사가 체언을 꾸며 주거나, 체

언에 관형격 조사 '의'가 결합하여 뒤에 오는 체언을 꾸며 주는 형태
로 나타난다. 관형격 조사 '의'가 생략되어 쓰이기도 한다.

> 예 지원이가 새 옷을 입었다. / 민수의 책이 나에게 있다.

② 부사어

주로 용언을 수식하는 문장 성분이나, 관형어나 다른 부사어를 수식
하기도 한다. 부사어는 대체로 문장에서 반드시 필요한 성분이 아니
지만, 서술어에 따라서는 문장을 구성하는 데 필수적으로 요구하기
도 한다.

> 예 하늘이 매우 푸르다. / 정은이는 어머니와 닮았다.

(3) 독립 성분

독립 성분에는 독립어가 있다. 독립어는 문장의 어느 성분과도 직접적
인 관련이 없는 문장 성분이다.

> 예 글쎄, 그 문제는 잘 모르겠네. / 야! 시험이 끝났다.

3. 문장의 짜임

(1) 문장의 짜임새

문장은 주어와 서술어가 몇 번 나타나느냐에 따라 홑문장과 겹문장으
로 나누어진다.

- 홑문장 주어와 서술어가 한 번만 나타나는 문장
  > 예 하늘이 맑다.
- 겹문장 주어와 서술어가 두 번 이상 나타나는 문장
  > 예 정은이는 국어를 잘하고, 창현이는 수학을 잘한다.

(2) 겹문장의 종류

겹문장은 둘 이상의 홑문장이 이어지는 방식에 따라 안은문장과 이어진문장으로 나눌 수 있다.

- 안은문장 한 홑문장이 다른 홑문장 속의 한 성분으로 포함되어 있는 문장
- 이어진문장 홑문장과 홑문장이 대등하거나 종속적으로 이어진 문장

① 안음과 안김

한 문장이 그 속에 다른 문장을 한 성분으로 안아서 겹문장을 이룰 때, 그것을 안은문장이라 하고, 큰 문장 속에 절의 형태로 안겨 하나의 성분처럼 쓰이는 홑문장을 안긴문장이라고 한다.

예 나는 <u>눈이 오기</u>를 기다린다.

② 안은문장

안은문장은 안긴문장의 성격에 따라 명사절, 관형사절, 부사절, 서술절, 인용절을 안은 문장으로 나누어진다.

㉠ 명사절을 안은 문장

명사절의 의미	서술어에 명사형 어미 '-(으)ㅁ, -기'가 붙어서 이루어진 절
명사절의 기능	문장에서 주어, 목적어, 부사어 등의 기능을 함.
예	시험에 합격하기가 쉽지 않다.(→ 주어) 나는 그가 떠났음을 알았다.(→ 목적어) 아직은 집에 가기에 이른 시간이다.(→ 부사어)

ⓛ 관형절을 안은 문장

관형절의 의미	서술어에 관형사형 어미 '-(으)ㄴ, -는, -(으)ㄹ, -던'이 붙어서 이루어진 절
관형절의 기능	문장에서 관형어의 기능을 함. 현재, 과거, 미래, 회상의 시간을 표현함.
예	내가 어제 본 영화가 재미있었다.

ⓒ 부사절을 안은 문장

부사절의 의미	서술어에 부사형 어미 '-이, -게, -도록, -(아/어)서' 등이 붙어서 이루어진 절
부사절의 기능	문장에서 부사어가 되어 서술어를 수식하는 기능을 함.
예	그 사람은 아는 것도 없이 잘난 척한다.

ⓔ 서술절을 안은 문장

서술절의 의미	절(주어+서술어) 전체가 서술어가 되는 절
서술절의 기능	문장에서 서술어의 기능을 함.
예	민아는 마음씨가 곱다.

ⓜ 인용절을 안은 문장

인용절의 의미	남의 말을 직접이나 간접으로 인용하면서 인용격 조사 '고, 라고'가 붙어 이루어진 절
인용절의 기능	다른 사람의 말을 인용함.
예	선생님께서 "숙제해 왔니?"라고 물으셨다.(→ 직접 인용절) 영애는 오늘 지성이가 돌아온다고 했다.(→ 간접 인용절)

③ 이어진문장

둘 이상의 홑문장이 연결 어미에 의하여 결합되면 여러 문장으로 확대된다. 두 개 이상의 홑문장이 이어지는 방법에 따라서 대등하게 이어진 문장과 종속적으로 이어진 문장으로 나눌 수 있다.

㉠ 대등하게 이어진 문장

의미	홑문장이 이어질 때 대등한 의미 관계로 이어진 문장
연결 어미	나열: -고, -(으)며, 대조: -지만, -(으)나, 선택: -거나, -든지
예	대한민국의 수도는 서울이고, 일본의 수도는 동경이다. 키가 크지만, 힘은 약하다. 사과를 먹든지, 귤을 먹든지 마음대로 해라.

㉡ 종속적으로 이어진 문장

의미	홑문장이 이어질 때 종속적인 의미 관계로 이어진 문장
연결 어미	원인: -(아)서, -(으)니 조건: -(으)면, -거든 의도: -(으)러, -(으)려고 양보: -(도), -(으)ㄹ지라도 배경: -는데
예	밥을 많이 먹어서, 배탈이 났다. 눈이 내리면, 길이 미끄럽다. 나는 공부를 하러 도서관에 갔다. 시험이 어려울지라도 최선을 다하겠다. 내가 밥을 먹는데, 엄마가 불렀다.

4. 문장의 종결 방식

    화자는 자신의 생각이나 느낌, 의도를 적절한 문장의 종결 방식을 선택하여 표현할 수 있다. 국어의 문장 종결 유형에는 평서형, 의문형, 명령형, 청유형, 감탄형이 있다.

- 평서문   화자가 청자에 대하여 특별히 요구하는 일이 없이, 자기의 생각만을 단순하게 전달하는 문장
  - 예 나는 학교에 간다.
- 의문문   화자가 청자에게 질문하여 그 대답을 요구하면서 언어 내용을 전달하는 문장
  - 예 너는 지금 무엇을 하고 있느냐?
- 명령문   화자가 청자에게 어떤 행동을 하도록 요구하면서 언어 내용을 전달하는 문장
  - 예 바닥에 쓰레기 버리지 말아라.
- 청유문   화자가 청자에게 어떤 행동을 함께 하도록 요청하면서 언어 내용을 전달하는 문장
  - 예 우리 함께 달려가자.
- 감탄문   화자가 청자를 별로 의식하지 않거나 거의 독백하는 상태에서 자기의 느낌을 표현하는 문장
  - 예 저 꽃 참 아름답구나!

8장 | 어휘의 유형과 의미 관계

　우리는 일상생활에서 자신의 생각과 감정을 효과적으로 전달하기 위해서는 상황과
의도에 맞는 적절한 어휘를 구사할 수 있어야 한다. 이번 장에서는 어휘에 대해서 공부
해 보자. 우리말의 어휘를 다양한 기준에 따라서 여러 가지 방식으로 나눠 보고, 그 단
어들이 맺는 다양한 관계에 대해 살펴보자. 이러한 활동들이 올바르고 적절한 어휘를
사용할 수 있는 능력을 기르는 데 도움을 줄 수 있다.

1. 어휘의 개념

공통적인 성격을 가진 낱말을 한데 묶은 단어들의 집합을 말한다.

2. 어휘의 유형

(1) 고유어, 한자어, 외래어

① 고유어

　㉠ 개념 순우리말이라고 부르는 단어로서 예로부터 우리가 사용한 우

리말을 말한다.

ⓒ 특징

- 우리 민족 고유의 문화나 감정을 정확하게 표현할 수 있는 말이 많다.
- 의미의 폭이 넓고, 상황에 따라 여러 가지 의미로 해석되는 다의어이다
  예 손: 손(노동력)이 모자란다. / 손(씀씀이)이 크다. / 손(관계)을 끊겠다.

② 한자어

㉠ 개념 우리나라에 유입된 중국의 한자를 기반으로 하여 만들어진 단어들을 말한다.

ⓒ 특징

- 한자어에는 중국에서 들어온 말, 일본에서 만들어져 유입된 말, 우리가 만든 말 등이 있다.
  예 '식구(食口), 감기(感氣), 고생(苦生)'은 우리나라에서 만든 한자어.
- 대개 개념어, 추상어로서 고유어에 비하여 좀 더 정확하고 분화된 의미를 가지고 있어 세부적인 분야에서 정밀한 의미를 나타내는 데 주로 사용한다.
- 고유어에 비해 좀 더 정확하고 분화된 의미를 가지고 있어 고유어를 보완한다.
- 국어에서 한자어는 고유어에 대하여 존대어로 사용되는 경우가 많다.

③ 외래어

　　㉠ 개념　다른 나라 말이지만 우리나라에 들어와서 우리말처럼 쓰이는
　　　　말을 말한다.

　　㉡ 특징

　　• 외국의 새로운 문화나 문물이 들어오는 과정에서 외국의 말이 함
　　　께 따라 들어와 쓰인다.

　　　예 컴퓨터(computer), 오페라(opera), 모델(model)

　　• 오래 전 우리나라에 들어온 외래어 중 일부는 외래어라는 감각마
　　　저 사라진 경우가 있는데, 이를 '귀화어'라고 부른다.

　　　예 석가, 호미, 수수 등

(2) 전문어, 은어

① 전문어

　　㉠ 개념　특정 분야에 종사하는 사람이 일을 효과적으로 수행하기 위
　　　해 사용하는 개념이나 현상을 가리키는 전문적인 어휘를 말한다.

　　　예 의학 용어 : 오피(O.P.), 트랜스퍼

　　㉡ 특징

　　• 그 의미가 정확하여 다른 의미로 쓰이는 일이 없다.
　　• 해당 전문어에 대응하는 일반적인 어휘가 없다.
　　• 고유어는 다양한 의미로 해석될 여지가 있고, 또 외국의 학문을
　　　수용하는 과정에서 외래어가 그대로 전문어로 굳어지는 경우가
　　　있어 전문어에는 한자어나 외래어가 많다.
　　• 일반인들에게 비밀을 유지하기 위한 방편으로 사용할 경우에는 은
　　　어와 유사한 기능을 한다.

② 은어

　㉠ 개념　제한된 집단에 속한 사람들이 사용하는 어휘이다.

　　예 고딩(고등학생), 째다(도망치다)

　㉡ 특징

- 특수한 집단에서 비밀을 지키기 위해 그 집단에 속하지 않은 사람은 알아들을 수 없도록 만들어진 말이다.
- 일반 사회에 알려지게 되면 변경되어 새로운 은어가 나타난다.
- 은어를 사용하는 집단 구성원들에게는 강한 결속력을 주나, 타 집단에게는 소외감과 고립감을 준다.

(3) 관용어, 속담

두 개 이상의 단어가 모여 만들어진 것이지만, 그 의미가 특별하게 바뀌어 사용되기 때문에 하나의 단어처럼 사용된다. 관용어나 속담을 이용하면 표현하고자 하는 내용을 더 재미있고 다채롭게 표현할 수 있다.

① 관용어

　㉠ 개념　둘 이상의 단어들이 결합하여 각 단어가 지닌 원래의 의미와는 달리 관습적으로 굳어져 하나의 단어처럼 특별한 의미로 사용되는 표현이다.

　　예 발이 넓다(아는 사람이나 행동 범위가 넓.) / 손이 크다(씀씀이가 후하다)

　㉡ 특징

- 우리 민족의 문화나 사고방식을 파악할 수 있다.

② 속담

　　㉠ 개념　우리의 전통적 생활 문화와 농축된 삶의 지혜가 완결된 문장

　　의 형태로 들어 있는 표현이다.

　　　　예 돌다리도 두들겨 보고 건너라. → 매사를 신중히 하라.

　　　　백지장도 맞들면 낫다. → 협동이 중요하다.

　　㉡ 특징

　　• 우리의 전통적 생활 문화와 농축된 삶의 지혜가 담겨 있다.

　　• 완결된 문장의 형태로 표현되며, 단어들의 단순한 의미가 아니라

　　일상생활에서 도움을 얻을 수 있는 구체적이고 일상적인 삶의 교

　　훈을 담고 있다.

3. 단어 간의 의미 관계

　　의미 관계란 단어들이 의미를 중심으로 단어들이 맺고 있는 관계를 말

하는 것으로 유의 관계, 반의 관계, 하의 관계로 나눌 수 있다.

(1) 유의(類義) 관계

　① 말소리는 다르지만 의미는 같거나 비슷한 둘 이상의 단어들이 맺

　　는 관계를 말한다. 그 짝이 되는 말들을 유의어라고 한다.

　　　예 두껍다 : 두텁다 : 두툼하다 / 노랗다 : 노르께하다 : 노르스름

　　　하다

　② 유의 관계에 있는 단어들의 의미가 서로 유사하지만 완전히 같은

　　말은 아니어서 항상 바꾸어 쓸 수 있는 것은 아니다.

　③ 유의 관계에 있는 단어들은 기본 의미가 비슷하지만, 가리키는 대

상의 범위가 다르기도 하고 미묘한 느낌의 차이를 보이기도 한다.

④ 유의어가 생겨나는 경우

- 원래부터 각 단어가 지닌 의미가 유사해서 유의어가 된 경우
  예 가끔, 이따금
- 유사한 의미를 지닌 고유어와 한자어가 함께 존재하는 경우
  예 아버지, 부친(父親), 가친(家親), 엄친(嚴親)
- 고유어와 외래어가 함께 존재하는 현상 때문에 생기는 경우
  예 열쇠, 키

(2) 반의(反義) 관계

① 둘 이상의 단어에서 의미가 서로 짝을 이루어 대립하는 관계를 말한다. 이러한 관계에 있는 말을 반의어라고 한다.

② 반의 관계이기 위해서는 단어들 사이에 공통적인 의미 요소가 있으면서 한 개의 요소만이 달라야 한다.

예 남자 : 여자 / 오다 : 가다

③ 반의어는 반드시 한 쌍으로만 존재하는 것이 아니다. 한 단어에 여러 개의 단어가 대립하는 경우도 있다.

예 고유어 : 외래어 / 한자어

④ 반의 관계는 두 단어의 비교 기준이 한 개일 경우에만 성립하며, 비교 기준이 둘 이상이 되면 그 사이에는 반의 관계가 성립하지 않는다.

예 소년 : '할머니'는 성별만이 아니라 나이도 서로 다르기 때문에 반의어가 될 수 없다.

(3) 상하(上下) 관계

① 두 개의 단어 중 한 단어의 의미가 다른 단어의 의미에 포함하거

나 다른 쪽에 포함되는 의미 관계를 상하 관계라고 한다. 이 때 포함하는 단어는 상의어라고 하고, 포함되는 단어는 하의어라고 한다.

예 식물－꽃

② 상의어일수록 일반적이고 포괄적인 의미를 지니며, 하의어일수록 개별적이고 한정적인 의미를 지닌다.

③ 하의어는 상의어가 가지고 있는 의미를 포함하게 된다.

④ 상의어는 그 아래에 여러 개의 하의어를 가질 수 있고, 또한 하의어도 그 위에 여러 개의 상의어를 가질 수 있다.

9장 | 국어의 문법 요소

 이 장에서는 다양한 문법 요소에 대해 알아보자. 문법적 의미를 실현하는 데 사용되는 문법 요소에는 높임 표현, 시간 표현, 사동·피동 표현, 부정 표현 등이 있다. 우리말에서 문법 요소들이 어떻게 나타나고 있는지, 어떤 특징을 가지고 있는지 잘 살펴보고 상황에 맞는 정확한 문장을 사용할 수 있도록 노력해 보자.

1. 높임 표현

 높임법이란 말하는 이가 듣는 이나 다른 대상을 높이거나 낮추는 정도를 언어적으로 구별하여 표현하는 체계를 말한다. 국어의 높임법은 높이는 대상이 누구인가에 따라 높임을 실현하는 방법이 달라지는데, 문장의 주어를 높이는 주체 높임법, 문장의 목적어나 부사어에 해당하는 대상을 높이는 객체 높임법, 듣는 이를 높이는 상대 높임법으로 구분할 수 있다.

(1) 상대 높임법

① 상대 높임법의 개념

말하는 이가 듣는 이(상대방)를 높여 말하는 방법으로 국어의 높임법 가운데 가장 발달되어 있다.

② 상대 높임법의 등분

상대 높임법은 종결 표현으로 실현되는데, 크게 격식체와 비격식체로 나눌 수 있다. 격식체에는 '하십시오체, 하오체, 하게체, 해라체'가 있으며, 비격식체에는 '해요체, 해체'가 있다.

상대 높임의 등분		평서법	의문법	명령법	청유법	감탄법
격식체	하십시오체	가십시다	가십니까?	가십시오	(가시지요)	
	하오체	가(시)오	가(시)오?	가(시)오, 가구려	갑시다	가는구려
	하게체	가네, 갑세	가는가?, 가나?	가게	가세	가는구먼
	해라체	간다	가냐?, 가니?	가(거)라, 가렴, 가려무나	가자	가는구나
비격식체	해요체	가요	가요?	가(세/셔)요	가지요	가는군요
	해체(반말)	가, 가지	가?, 가나?	가, 가지	가자	가는군

③ 상대 높임법의 격식체와 비격식체의 차이

일반적으로 격식체는 격식을 차려 정중하게 표현하는 방법으로 직접적이고 단정적이며 객관적인 느낌을 준다. 이에 반해 비격식체는 격식을 덜 차리는 표현으로 부드럽고 비단정적이며 정감 있는 느낌을 준다.

(2) 주체 높임법

① 주체 높임법의 개념

서술어의 주체에 해당하는 문장의 주어를 높이는 방법이다. 말하는 이
보다 서술의 주체가 나이나 사회적 지위 등에서 상위자일 때 사용된다.

② 실현 방법

- 서술어에 선어말 어미 '-(으)시-'가 붙어 실현되는데, 이때 주격
  조사는 '이 / 가' 대신에 '께서'를 쓴다.
  예 선생님께서 책을 읽으신다.

- '계시다', '잡수시다', '주무시다', '편찮다', '돌아가시다'와 같은 특
  수 어휘를 통해 실현되기도 한다.
  예 선생님께서는 학교에 계신다. / 어머니께서 지금 주무신다.

③ 직접 높임

화자가 주어를 직접 높이는 것을 말한다.
예 아버지께서 오신다.

④ 간접 높임

주어를 직접 높이지 않고 주어와 관련된 대상을 높이는 것을 말
한다.
예 선생님의 말씀이 있으시겠습니다. / 선생님께서는 지금 시간이
있으시다.

(3) 객체 높임법

① 객체 높임법의 개념

서술의 객체에 해당하는 목적어나 부사어가 지시하는 대상을 높이는
방법이다.

② 실현 방법

- 주로 '모시다, 드리다'와 같은 특수 어휘를 통해 실현된다.

  예 나는 부모님을 <u>모시고</u> 공원에 갔다.

- 부사어에 붙은 조사 '에게'를 '께'로 바꾸어 사용하여 높임을 나타내기도 한다.

  예 나는 친구<u>에게</u> 신문을 주었다. → 나는 아버지께 신문을 드렸다.

2. 시간 표현

화자가 말하고 있는 일이 말하는 시점을 기준으로 그 전에 벌어졌는지, 같은 시점에 벌어지는지, 아니면 후에 벌어질 예정인지를 문법적으로 표시하는 방법이다. 시제는 말하는 시점인 발화시와 동작이나 상태가 일어나는 시점인 사건시의 관계에 따라 과거, 현재, 미래로 나뉜다.

(1) 과거 시제

① 개념

과거 시제는 사건이 일어나는 시점(사건시)이 말하는 시점(발화시)보다 앞서는 시제이다.

② 실현 방법

- 용언의 어간에 선어말 어미 '-았-/-었-'이 붙어 실현된다.

  예 나는 영화 두 편을 <u>보았다</u>.

- 관형사형 어미 '-(으)ㄴ'으로도 실현된다.

  예 지난번에 <u>읽은</u> 책은 추리 소설이다.

- '어제', '옛날, 아까'와 같은 부사어로 과거 시제를 나타낼 수 있다.
  예 나는 <u>어제</u> 영화를 보았다.
- 과거의 어느 시점에서 보고 경험한 것을 현재의 시점에서 돌이켜 회상할 때에는 선어말 어미 '-더-'를 사용한다.
  예 민수가 어제 <u>공부하더라</u>.

(2) 현재 시제

① 개념

현재 시제는 사건이 일어나는 시점(사건시)이 말하는 시점(발화시)과 일치하는 시제이다.

② 실현 방법
- 용언의 어간에 선어말 어미 '-ㄴ-/-는-'이 붙어 실현된다.
  예 나는 지금 학교에 <u>간다</u>.
- 서술어가 형용사나 서술격 조사일 경우에는 선어말 어미 '-ㄴ-/-는-'이 없이 현재 시제를 나타낸다.
  예 이 꽃은 참 <u>아름답다</u>.
- 동사는 관형사형 어미 '-는', 형용사나 서술격 조사는 관형사형 어미 '-(으)ㄴ-'을 통해서도 실현된다.
  예 <u>예쁜</u> 꽃을 보면 기분이 좋다.
- '지금', '현재', '요즘'과 같은 부사어로 나타낼 수 있다.
  예 나는 <u>지금</u> 영화를 본다.

(3) 미래 시제

① 개념

미래 시제는 사건이 일어나는 시점(사건시)이 말하는 시점(발화시)

보다 나중인 시제이다.

② 실현 방법

- 용언의 어간에 선어말 어미 '-겠-'이 붙어 실현된다.

  예 내일은 비가 오겠다.

- 관형사형 어미 '-(으)ㄹ', 또는 '-(으)ㄹ 것이'와 같은 표현을 통해서
  도 실현된다.

  예 나는 며칠 후에 떠날 것이다.

- '내일'과 같은 부사어로 나타낼 수 있다.

  예 내일 가도록 하겠습니다.

- '-겠-'은 미래 시제를 나타내는 것 이외에 추측이나 의지 등을 나
  타낸다.

  예 나는 내일 영화를 보겠다.(의지) / 지금쯤이면 도착했겠다.(추측)

(4) 동작상

말하는 시점(발화시)을 기준으로 동작이 일어나는 모습을 나타내는 방
법을 동작상이라고 한다. 동작상은 어느 시점에서 그 동작이 진행 중인
지 완료된 것인지를 표현하는 것이다. 동작상의 대표적인 것으로 진행상
과 완료상이 있다. 진행상은 시간의 흐름 속에서 어떤 동작이 진행되고
있음을 표현하는 것으로 '-고 있다', '-아 가다' 등의 표현으로 실현된다.
완료상은 시간의 흐름 속에서 어떤 동작이 이미 완료되었음을 표현하는
것으로 '-아 있다', '-어 버리다' 등의 표현을 통해 실현된다.

예 영애가 공부하고 있다.(진행상) / 지성이가 과자를 다 먹어 버렸다.(완
료상)

3. 사동 표현과 피동 표현

문장에서 어떤 동작이나 행위를 표현할 때, 주어가 직접 하는 것인지 남에게 시켜서 하게 하는 것인지, 또 자기 의지대로 한 것인지 남에 의해 당하는 것인지에 따라 표현이 달라진다.

(1) 사동 표현

문장은 주어가 동작이나 행위를 직접 하느냐 아니면 다른 사람에게 하도록 하느냐에 따라 주동문과 사동문으로 나눌 수 있다. 주어가 동작이나 행위를 직접 하는 것을 주동이라 하고, 주어가 남에게 동작이나 행위를 하도록 시키는 것은 사동이라 한다.

① 실현 방법
  ㉠ 동사나 형용사에 사동 접미사 '-이-', '-히-', '-리-', '-기-', '-우-', '-구-', '-추-' 등이 붙어서 만든다.
    예 아기가 웃는다. → 엄마가 아기를 웃긴다.
  ㉡ '-게 하다', '-시키다' 등을 통해서 사동의 의미가 실현되기도 한다.
    예 지예가 책을 읽는다. → 선생님께서 지예에게 책을 읽게 하셨다.

② 사동을 사용하는 경우
  동작을 하도록 시키는 주체를 알리거나 강조하고 싶을 때 사용한다.

(2) 피동 표현

문장은 동작이나 행위를 누가 하느냐에 따라 능동문과 피동문으로 나뉘는데, 주어가 자기 힘으로 동작을 하는 것을 능동이라고 하고, 주어가 스스로 행동하지 않고 남의 동작을 받는 것을 피동이라고 한다.

① 실현 방법

　㉠ 동사 어간에 피동 접미사 '-이-', '-히-', '-리-', '-기-'를 결합
　　하여 만든다.

　　　예 고양이가 쥐를 물었다. → 쥐가 고양이에게 물렸다.

　㉡ '-되다', '-어지다', '-게 되다' 등을 통해서 피동의 의미가 실현되
　　기도 한다.

　　　예 지영이가 민수의 비밀을 밝혔다. → 민수의 비밀이 지영이에 의
　　해 밝혀졌다.

② 피동을 사용하는 경우

　행동의 주체를 감추어 책임을 피하고 싶은 경우, 동작의 주체가 누
구나 아는 대상이어서 굳이 말할 필요가 없는 경우, 동작의 주체를
모르거나 밝히기 어려울 경우에 사용한다.

4. 부정 표현

부정 표현은 어떤 서술 내용에 대해 부정의 뜻을 나타내는 것을 말
한다. 국어에서는 부정 부사 '안, 못'과 부정 용언 '아니하다, 못하다'를 사
용하여 나타낸다.

(1) 의미에 따른 부정 표현의 구분

부정 표현에는 '하지 않는' 의지 부정과 '할 수 없는' 능력 부정이 있다.

① 의지 부정

부정 부사 '안', 부정 용언 '아니하다'를 사용한다.

예 지원이가 공부를 안 한다. / 지원이가 공부를 하지 않는다. (하기 싫어서)

② 능력 부정

부정 부사 '못', 부정 용언 '못하다'를 사용한다.

예 나는 밥을 못 먹었다. / 나는 밥을 먹지 못한다. (몸이 아파서)

(2) 형태에 따른 부정 표현의 구분

① 짧은 부정

부정 부사 '안, 못'을 사용한다.

예 진화는 팥을 안 먹는다.

② 긴 부정

부정 용언 '아니하다, 못하다'를 사용한다.

예 진화는 팥을 먹지 못한다.

※ '아니하다, 못하다'는 명령문이나 청유문에는 사용할 수 없고, 대신에 명령문에서는 '마/마라', 청유문에서는 '말자'가 사용됨.

(2) 부정 표현의 중의성

부정문에서는 부정이 미치는 범위에 따라 그 의미가 달라질 수 있다.

① 부정문의 중의적 해석

예 손님이 다 오지 않았다.

→ 손님 모두가 오지 않았다.

→ 손님 일부가 오지 않았다.

② 중의문의 해소 방안

- 부정하는 내용에 강세를 주어 해소함.

- 보조사 '은 / 는'을 넣어 해소함.

- 어순을 교체하여 해소함.

- 문맥을 통해서 해소함.

10장 | 담화의 개념과 특성

같은 말이라도 맥락에 따라서 다른 의미로 해석되는 경우가 있다. 가령 '아직 배가 고파요'라는 말을 식사량이 적어 음식을 더 찾는 사람이 했다면 음식을 더 먹고 싶으니 더 달라는 의미가 될 것이다. 하지만 경기에서 승리한 팀의 주장이 이 말을 했다면, 지금의 승리에서 만족하지 않고 더 승리하고 싶다는 의미가 될 것이다. 이처럼 우리는 담화에 대해 정확하게 이해하기 위해서는 맥락의 이해가 매우 중요하다. 따라서 이번 장에서는 담화가 이루어지는 맥락에 대해 살펴보도록 하자.

1. 담화의 개념

구체적인 의사소통 상황에서 생각이 문장 단위로 실현된 것을 '발화'라고 하며 발화가 모여 이루어진 통일체를 '담화'라고 한다.

2. 담화의 맥락

담화는 구체적인 소통의 맥락 속에서 이루어지므로 담화 속의 말은 맥락에 따라 이해해야 한다. 맥락에는 상황 맥락과 사회·문화적 맥락이 있다.

• 상황 맥락

  담화에 직접적으로 개입하는 맥락으로, 말하는 이, 듣는 이, 장면(시
  간적·공간적 배경) 등을 포함함.

• 사회·문화적 맥락

  담화에 간접적으로 작용하는 맥락으로, 역사적·사회적 상황, 이념,
  공동체의 가치·신념 등을 포함함.

3. 사회·문화적 맥락과 관련한 언어 변이

자신이 속한 지역이나 집단에 따라 언어가 달라지는 것도 담화에 영향
을 미치는 사회·문화적 맥락으로 볼 수 있다. 이러한 언어의 차이를 이
해하면 다른 집단에 속한 사람들을 깊이 이해할 수 있다. 이를 통해 상대
를 배려하면서 더욱 효과적으로 의사소통할 수 있다.

• 지역에 따라

  같은 언어라도 지역적으로 격리되어 시간이 흐르면 지역에 따라 언
  어에 차이가 생김.

• 세대에 따라

  젊은 세대에 의해 언어가 새로워지면서 어른 세대의 언어와 차이가
  생김.

• 성별에 따라

  여성과 남성의 성향이나 사회·문화에 의해 여성과 남성의 언어에
  차이가 생김.

• 문화에 따라

  서로 다른 문화를 지닌 다양한 민족들이 함께 어울리는 기회가 많아

지면서 생활 방식이나 사회·문화적 경험의 차이로 인한 언어 차이가 생김.

4. 맥락을 고려한 담화의 이해

담화의 구체적인 의미는 실제 의사소통의 상황 속에서 결정된다. 따라서 누구와 말하고 듣는지, 언제, 어디에서, 어떤 주제와 목적으로 담화가 이루어지는지를 이해하고, 지역, 세대, 성별, 문화 등 사회·문화적 맥락 등이 담화에 주고 있는 영향을 고려하여 이해해야 한다.

11장 | 한글의 창제 원리와 가치

　　한글은 과학적인 제자 원리를 바탕으로 만들어졌다는 점에서 독창적이고 우수한 글자이다. 체계적이고 효율적인 글자 체계를 이루고 있으며, 자음과 모음을 따로따로 만들어서 적은 수의 글자로 수없이 많은 소리를 표현할 수도 있다. 이러한 한글의 창제는 여러 사람들이 쉽게 문자를 배워 쓸 수 있는 길을 열었다는 점에서 우리 사회의 발전에 큰 영향을 미쳤다. 이 장에서는 한글의 창제 원리를 살펴보고, 한글의 독창성과 과학성, 우수성을 이해해 보자.

1. 훈민정음(訓民正音)

- '백성을 가르치는 바른 소리'라는 뜻으로, 1443년에 세종 대왕이 창제하였다.
- 세종이 직접 쓴 '세종어제훈민정음'에는 한글 창제의 정신인 자주 · 애민 · 실용 · 창조 정신이 잘 나타나 있다.
- 훈민정음의 창제로 우리 민족은 고유의 문자를 가지게 되었고, 백성도 쉽게 글을 읽고 쓸 수 있게 되었다.

2. 세종의 한글 창제 정신

- 애민 정신 문자 생활을 하지 못하는 백성들을 가엾게 여김.(이런 젼ᄎ
  로 ~ 밍ᄀ노니)
- 자주 정신 우리나라 말과 한자의 차이점을 인식함.(나랏말ᄊᆞ미 ~ 아니
  홀ᄊᆡ)
- 실용 정신 백성들의 편안한 문자 생활을 도모함.(사ᄅᆞᆷ마다 ~ ᄯᅳ르미니라)
- 창조 정신 새롭고 독창적인 글자를 만듦.

3. 훈민정음의 창제 원리

(1) 초성자

훈민정음의 자음은 먼저 발음 기관을 상형하여 기본자를 만들고, 여기
에 획을 더하여 다른 글자들을 만들었다. 획을 더하는 방법으로 거센소
리를 나타내었는데, 다만 'ㄹ'과 'ㅿ'은 그러한 근거 없이 획을 더한 예외
적인 글자라고 하였다.

기본자	본뜬 모양	가획자	이체자
ㄱ	혀뿌리가 목구멍을 막는 모양	ㅋ	ㆁ
ㄴ	혀끝이 윗잇몸에 붙는 모양	ㄷ ㅌ	ㄹ(반설음)
ㅁ	입의 모양	ㅂ ㅍ	
ㅅ	이의 모양	ㅈ ㅊ	ㅿ(반치음)
ㅇ	목구멍 모양	ㆆ ㅎ	

이렇게 만들어진 초성자를 소리나는 위치와 소리의 성질에 따라 분류
해 보면 다음과 같다. 전청, 차청, 불청불탁, 전탁은 각각 현대 국어의 예

사소리, 거센소리, 울림소리, 된소리와 대체로 일치한다.

	어금닛소리 (牙音)	혓소리 (舌音)	입술소리 (脣音)	잇소리 (齒音)	목구멍소리 (喉音)	반혓소리 (半舌音)	반잇소리 (半齒音)
전청(全淸)	ㄱ	ㄷ	ㅂ	ㅈ, ㅅ	ㆆ		
차청(次淸)	ㅋ	ㅌ	ㅍ	ㅊ	ㅎ		
불청불탁 (不淸不濁)	ㆁ	ㄴ	ㅁ		ㅇ	ㄹ	ㅿ
전탁(全濁)	ㄲ	ㄸ	ㅃ	ㅉ, ㅆ	ㆅ		

(2) 중성자

중성자도 '하늘, 땅, 사람'의 삼재(三才)를 상형하여 기본자 ' · , ㅡ, ㅣ'
를 만들었다.

삼재	본뜬 모양	기본자	소리
천(天)	하늘(天)을 본뜸	·	소리가 깊음
지(地)	땅(地)을 본뜸	ㅡ	소리가 깊지도 얕지도 않음
인(人)	사람(人)을 본뜸	ㅣ	소리가 얕음

기본자를 바탕으로 하여 다시 'ㅡ'와 ' · '를 합용하여 'ㅗ, ㅜ'를 만들고
'ㅣ'와 ' · '를 합용하여 'ㅏ, ㅓ'를 만들었다. 여기에 다시 ' · '를 하나씩 더
하여 'ㅛ, ㅑ, ㅠ, ㅕ'를 만들어 완성하였다.

이름	합용	중성자
초출자	기본자끼리 합용	ㅏ, ㅓ, ㅗ, ㅜ
재출자	초출자에 기본자를 다시 합용	ㅑ, ㅕ, ㅛ, ㅠ
합용자	기본자가 아닌 것의 합용	ㅘ, ㅝ, ㅚ, ㅐ, ㅟ, ㅔ, ㅒ, ㅖ, ㅙ, ㅞ

(3) 종성자

종성을 적는 글자는 초성과 같은 자음에 속하기 때문에 따로 만들지 않고, 초성자를 그대로 썼다.(종성부용초성)

4. 한글의 우수성

한글의 우수성을 독창성, 과학성, 체계성, 실용성으로 나누어 볼 수 있다.

- 독창성 한글은 다른 글자를 모방하거나 변형한 것이 아니라 독자적으로 창안한 문자임.
- 과학성 초성자는 인간의 발성 기관을 본떠 다섯 개의 기본 글자를 만든 후 여기에 획을 더하였고, 모음은 천·지·인의 형상을 본떠 세 개의 기본 글자를 만들고 이들을 조합하여 나머지 글자를 만들었음.
- 체계성 자음의 경우 소리의 자리와 맑음과 탁함에 따라 글자를 체계적으로 분류하였고, 모음의 경우 기본 글자를 바탕으로 입을 오므리고 펴는 소리의 작용에 따라 다른 글자들을 만들었음.
- 실용성 한글의 제자 원리에 일관성이 있어서 이해하기 쉽고 글자들이 어느 자리에서나 음가가 같아서 익히기 쉬움.

집필을 도와주신 연구위원 선생님들

1. 초등학교

강미순 인천 주안북초 교사
고희정 경기 흥덕초 교감
김 정 전남 진도초 교사
김선희 제주 동광초 교감
김성미 울산 약사초 교사
김영숙 경남 사파초 교감
김영희 경기 용인 한일초 교사
김영희 경남 칠서초 교사
김재수 경남 의령 정곡초 교사
김태년 경기 화성 봉담초 교사
김홍미 경기 남양초 교사
박선옥 경기 화성 청원초 교사
박현용 경북 김천 지동초 교사
서영수 경남 삼정자초 교사
손나영 서울 용원초 교사
신윤경 서울 영희초 교사
신희숙 경남 창원 상남초 교사
심혜경 경남 반송초 교사
안명숙 인천 효성남초 교사
안순선 경기 서해초 교사
안언희 경남 덕정초 교사
양연미 경기 수원 율현초 교사
오장근 전남 해남교육지원청 장학사
은지희 경기 화성 청원초 교사
이가형 경기 화성 청원초 교사
이선경 대구 관문초 교사
이영빈 경기 화성 청원초 교사
이인옥 경기 화성 마도초 교사
이찬민 경기 진접초 교사
임해경 인천 공항초 교사
정혜원 경남 석봉초 교사
조대근 경남 용호초 교사
조완원 충북 종곡초 교사
조윤섭 경기 화성 청원초 교사
차미화 전남 해남서초 교사

최근화 인천 문남초 교사
팽태문 경남 안청초 교사
한선혜 서울 대모초 교사
홍미화 인천 대화초 교사
황기웅 전남 해남동초 교사

2. 중 · 고등학교 및 대학

감송미 경남 진해여고 국어교사
강상호 경남 진해여고 교장
강인진 서울 광문고 국어교사
고정희 경남 경원중 수학교사
고형순 경남 진해여고 수학교사
구자경 경기 은혜고 국어교사
기원서 인천 송도고 교감
김겸숙 경남 창원 용호고 진로교사
김기창 충남 청신여중 국어교사
김동준 경기도교육청 장학사
김미경 대구 심인고 교사
김미선 충남 천안 백석중 국어교사
김미숙 강원 진광중 국어교사
김미아 대구 경북여고 교사
김미자 경북 도송중 국어교사
김미향 대구 월서중 보건교사
김민정 대구 서변중 교사
김민정 서울 잠실고 사서교사
김민환 경남 김해 율하고 진로교사
김민환 경남 김해율하고 교사
김상수 서울 경희여고 국어교사
김수현 경남 창원 웅동중 교사
김슬옹 세종대 겸임교수
김승현 경남 장유고 교사
김시훈 대구 심인고 교사
김양희 인천광역시교육청 장학사
김영숙 경남 거제 신현중 교사
김영숙 경남 신현중학교 영어교사

79

김영습 대전 동아마이스터고 교사
김우영 경기 안양여고 영어교사
김은희 강원 강일여고 국어교사
김정규 대구 도원중 교사
김정미 경북 구미 형남중 교사
김정숙 경남 경상대부중 교사
김정희 서울 중산고 국어교사
김종두 대구 심인고 수석교사
김진희 경남 마산여고 사서교사
김형남 경남 김해고 교사
김혜연 인천 강화고 사서교사
김혜은 광주 석산고 사서교사
김흔정 충남 정산중 특수교사
김희진 경남 진해여고 화학교사
남성호 대구 대천고 교사
노연실 강원 진광고 국어교사
명영자 경남 진해여고 음악교사
목진덕 서울 남강중 영어교사
박 탄 강원 원주대성중 국어교사
박근영 경남 김해고 교사
박동규 경남 내동중 국어교사
박동연 경북 구미 형남중 교사
박성완 경남 창원 웅동중 교사
박연희 경남 거제 신현중 교사
박영우 광주 서석고 국어교사
박정미 경북 구미 형남중 교사
박정미 경북 포항 창포중 교사
박정미 대구 운암고 교사
박정애 서울교대 강사
박종표 경남 창원 중앙중 체육교사
박헌규 경북 영천 영동중 교사
반외경 대구일중 진로교사
배종규 서울 압구정고 사회교사
서숙희 경북 포항 환호여중 교사
서정화 경남 합천여고 교사
손봉순 부산 구남중 교사
손소현 경남 창원명지여고 교사
송경란 경남 창원 토월중 교사
송경란 경남 창원 토월중 보건교사
신경애 경남 진해여고 진로교사
신주용 경남 진해여고 영어교사
신지영 인천 부개고 영어교사
신홍규 서울 한대부고 국어교사
심경애 강원 강일여고 수석교사
안혜선 울산 남외고 교사
예경순 서울교대 강사
우동식 경상북도교육청 장학사
유은숙 경남 반송여중 한문교사
윤석훈 대전 동아 마이스터고 영어교사

윤종훈 경북 상산전자고 교사
이명진 경기 청심국제고 국어교사
이미라 대전 성모여고 국어교사
이봉휘 전북과학고 국어교사
이성봉 경북 포항 환호여중 교감
이수진 인천 청라고 사회교사
이숙경 경남 창원 신월고 진로교사
이순희 경기 이매중 진로교사
이승룡 경북 구미 형남중 교사
이영미 대구 경북여정보고 과학교사
이영숙 부산 예술중 교사
이윤희 베트남 하노이국제학교 국어교사
이정애 대구 불로중 수석교사
이주은 서울 방이중 도덕교사
이준경 경북 구미 형남중 교사
이진아 경남 양산고 교사
이현주 인천 명현중 국어교사
이혜경 대구 범물중 교사
이희숙 부산 남천중 국어교사
이희진 경기 인덕원고 국어교사
임민정 광주 조선대여고 사서교사
임선하 현대창의연구소장
임종웅 경남 월산중 과학교사
정미영 익산 어양중 국어교사
정미희 대구 성지중 교사
정선미 경남 팔룡중 음악교사
정연옥 부산진중 국어교사
조명심 경남 창원 중앙중 사회교사
조영만 원주교육지원청 장학사
조은영 경남 진해여고 지리교사
조은영 서울 개포중 국어교사
조현지 강원 김화공고 국어교사
차군자 경남 창원 대암고 사회교사
채향화 강원 진광고 국어교사
최기재 전북 전라고 국어교사
최길순 광주 경신여고 사서교사
최선길 부산 광명고 국어교사
최영임 충남 공주사대부고 교사
최영희 전북 원광여고 국어교사
최은정 경북 김천중 수학교사
최재현 대구 동도중 진로교사
최준호 경북 김천고 국어교사
하미정 경남 창원과학고 국어교사
하은정 경남 창원 중앙중 영어교사
홍미화 대구 청구중 진로교사
황석범 강원 춘천여고 도덕교사
황왕용 전남 순천 남산중 사서교사
황주호 경남 창원교육지원청 장학사
황혜정 경북 구미 형남중 교사